MW00964850

Traduit de l'anglais
par Vanessa Rubio

Maquette : Karine Benoit

Titre original : *Double Dragon Trouble*
Édition originale publiée par Grosset & Dunlap,
un département de Penguin Young Readers Group, New York
© Kate McMullan, 2005, pour le texte
© Bill Basso, 2005, pour les illustrations
© Éditions Gallimard Jeunesse, 2009, pour la traduction

Kate McMullan

L'ÉCOLE DES MASSACREURS DE DRAGONS 15

Demande
de rançon

illustré par Bill Basso

GALLIMARD JEUNESSE

Plan de l'École des Massacreurs de Dragons

EMD

Chambre de Dame Lobelia

Laboratoire du Docteur Sloup

Issue d souter

Salle de cours de Mordred

Bureau du directeur

Poulai (niche de Da

Salle à manger

Accès au cachot

Cour du château

Cours de récurage

Réserve de costumes de Yorick, le messager

*Ce livre est doublement dédié
à Daniel Worsham Daniel Worsham. – K. M.*

*À Joyce et Camille,
mes deux adorables belles-sœurs. – B. B.*

Chapitre premier

À l'heure de déjeuner, Wiglaf gravit quatre à quatre les marches de la tour Est de l'École des Massacreurs de Dragons, puis s'engouffra dans le couloir. Il ne voulait pas être en retard à la réunion du journal de l'école.

En arrivant devant la porte de la salle, il ralentit pour reprendre son souffle. Messire Mortimer, tout en armure, était affalé sur sa chaise, les pieds sur son bureau. Des ronflements étouffés s'échappaient de la visière de son casque. Wiglaf se faufila derrière le professeur à pas de loup pour s'installer à côté d'Angus.

— Tu es en retard, Wiglaf, remarqua Érica qui se tenait sur l'estrade, parchemin et plume à la main.

— Désolé, murmura-t-il. Potaufeu nous a retenus en cours de récurage.

— Très bien, le comité de rédaction est maintenant au complet, reprit Érica. Qui veut proposer un article pour *La Gazette de l'EMD* ?

— J'aimerais faire un reportage sur Doidepied, mon village natal, annonça Torblad.

— Je te rappelle qu'il s'agit du journal de l'école, rétorqua-t-elle. On doit parler de l'école ! D'autres idées ?

Gwendoline leva la main.

— J'aimerais faire une interview spéciale… de moi-même ! Je pourrais raconter aux lecteurs ce qu'on ressent lorsqu'on est dans la peau d'une princesse riche, belle et intelligente.

— D'accord, répliqua Érica, mais je te donne une colonne, pas plus.

— Pas plus ? protesta Gwendoline. Mais j'ai…

— D'autres propositions ? la coupa la rédactrice en chef.

— Et si l'on parlait du congrès d'alchimie ? suggéra Jeannette.

Érica se tapota pensivement la joue du bout de sa plume.

— Pourquoi pas ? Sous quel angle veux-tu l'aborder ?

— On pourrait révéler que Mordred a loué les locaux de l'école et que finalement les alchimistes n'ont pas fabriqué un seul gramme d'or.

— Mais qu'ils ont mis un sacré bazar, compléta Angus.

— C'est pour ça que Potaufeu nous a lâchés si tard, on a dû astiquer tous les objets en métal du château. Ils étaient couverts de cendre.

— OK, fonce, Jeannette ! décida Érica.

Wiglaf osa alors se lancer :

— J'aimerais faire un dossier sur les

animaux de l'EMD, pour inviter les élèves à mieux les traiter.

— Tu veux faire un article sur ton cochon de compagnie ?

— Non, plutôt à propos des créatures auxquelles personne ne pense jamais. Il y a beaucoup de rats et d'araignées et aussi…

— Aucun intérêt ! trancha Érica. Je veux des scoops ! De l'info brûlante ! Tout le monde se fiche des rats et des araignées !

Ses cris avaient réveillé Messire Mortimer qui se leva d'un bond.

— Où est ce satané dragon ? brailla-t-il pour couvrir le fracas métallique de son armure. Je vais massacrer ce cracheur de feu, foi de Reginald Reindelapin !

— Vous devez rêver, messire, intervint Érica. Vous n'êtes pas Reginald Reindelapin.

— Ah bon ? fit-il. Dommage.

— Vous êtes Messire Mortimer du Mortier, professeur responsable du journal de l'école, *La Gazette de l'EMD*.

– Très bien, dans ce cas, poursuivez, poursuivez, ordonna-t-il en se laissant retomber sur sa chaise, posant sa tête casquée sur son bureau.

Une minute plus tard, il ronflait à nouveau.

– Qui veut faire un reportage sur Mordred ? demanda Érica. On pourrait tenter d'en savoir plus sur son travail de directeur, essayer de découvrir ce qu'il fait de ses journées.

Elle balaya la pièce du regard.

– Qui prend le sujet ? Angus ?

– Pour rien au monde.

– Ça sera en première page du journal, insista-t-elle.

Angus secoua la tête.

– Et toi, Wigounet ?

– Je veux faire un article sur les animaux. Pourquoi tu ne t'en charges pas, Érica ?

Elle fronça les sourcils.

– Dois-je vous rappeler que je suis la rédactrice en chef de ce journal ? Je n'écris pas d'article, je décide qui écrit quoi.

Soudain son visage s'éclaira.

— Et c'est exactement ce que je vais faire. Angus ! Wiglaf ! Je vous envoie en reportage tous les deux. Vous allez me faire un article sur Mordred.

— Pas question ! répliqua Angus.

— C'est moi le chef, répliqua Érica. C'est moi qui décide.

Wiglaf savait qu'il était inutile d'essayer de discuter avec elle.

— Vous allez suivre Mordred partout, leur recommanda-t-elle. Ne le quittez pas des yeux. Posez des questions. Découvrez comment un ancien champion de catch qui faisait des combats de boue a pu devenir directeur de l'EMD. Faites-moi un papier passionnant, captivant, étonnant !

Wiglaf adorait écrire. Il aimait lire ses articles dans *La Gazette de l'EMD*. Peut-être que s'il se débrouillait bien pour ce reportage sur Mordred, Érica le laisserait faire son dossier sur les animaux pour le prochain numéro.

Cinq minutes plus tard, Wiglaf et Angus étaient en route pour le bureau du directeur, armés de parchemins, de plumes et d'encriers.

— Oncle Mordred ne voudra jamais que je l'interviewe, marmonna Angus.

— Et pourquoi ?

— Dès qu'il va me voir, il va me demander de cirer ses poulaines ou de nettoyer les taches de graisse de sa tunique.

Il soupira.

— Il ne m'aime pas beaucoup.

— Tu es son neveu, pourtant, fit valoir Wiglaf.

— C'est justement le problème. Ma mère lui a forcé la main pour qu'il m'accepte à l'EMD.

Ils arrivèrent devant les deux armures qui encadraient la porte du bureau du directeur.

Angus frappa.

— Peut-être que je n'ai pas l'étoffe d'un massacreur de dragons, poursuivit-il alors qu'ils attendaient. Mais j'aimerais accomplir un exploit digne d'un chevalier vaillant et courageux. Ça prouverait à oncle Mordred que je suis à ma place dans cette école.

Des pas lourds résonnèrent sur le sol de marbre, dans leur dos.

– Voilà oncle Mordred ! cria Angus. Vite, cachons-nous !

Oubliant ses rêves héroïques, Angus souleva le haut de l'armure qui se trouvait à droite de la porte et se cacha à l'intérieur.

– Cache-toi dans l'autre, Wiglaf ! Dépêche-toi !

Son ami se glissa à l'intérieur de la seconde armure et se tint immobile.

Les pas se rapprochaient. Puis ils s'arrêtèrent. Wiglaf entendit une clé tourner dans la serrure, la porte s'ouvrir et se refermer. Puis il distingua des coups étouffés, des cliquetis et... CRIIIIC !

La voix de Mordred s'éleva alors :

– Soixante-deux.

GLING !

– Soixante-trois.

GLING !

Wiglaf savait ce que c'était : le directeur avait ouvert son coffre et il comptait son or.

– Soixante-quatre.

GLING !

– Soixante-cinq.

GLING !

Qu'allaient-ils pouvoir raconter dans leur article ? Mordred passait ses journées à compter son or. Cela n'avait rien de passionnant, de captivant ni même d'étonnant. Un dossier sur les animaux aurait été bien plus intéressant.

Des pas précipités montèrent du hall d'entrée. Quelqu'un arrivait en courant. Wiglaf entendit crier. Il connaissait cette voix. C'était Yorick, le messager de Mordred.

Il prenait soin de changer de déguisement chaque fois qu'il apportait une nouvelle. Wiglaf glissa un œil dans une fente de l'armure. Aujourd'hui, il avait une combinaison en fourrure marron avec une queue en

panache. Sans doute un écureuil ? Ou peut-
être une étrange espèce d'ours ?

– Messire ! criait Yorick. Messire !

Il tambourina à la porte du bureau.

– Minute, papillon ! répliqua Mordred.

Des pièces tintèrent, puis une minute plus
tard, la porte s'ouvrit.

– Que se passe-t-il, Yorick ? demanda le
directeur.

– Ce message vous est destiné, messire,
expliqua Yorick. Je l'ai trouvé sur le pont-
levis, coincé sous une pierre.

Il y eut un bruissement de parchemin.
Puis un silence.

– Par les culottes du roi Ken ! tonna Mordred. Un enlèvement à l'EMD !

Wiglaf colla son oreille tout contre
l'armure, espérant mieux entendre.

– Oh non, Yorick ! gémit Mordred. C'est
une demande de rançon de la part des ravis-
seurs ! Ils en veulent à mon or !

Et il éclata en sanglots.

Chapitre deux

Un enlèvement !

Le cœur de Wiglaf s'emballa. Qui pouvait bien avoir été kidnappé ? Sans doute un élève de l'EMD, sinon pourquoi Yorick aurait-il apporté la demande de rançon à Mordred ? Alors ça, c'était un scoop !

Wiglaf tendit l'oreille pour entendre ce qui se passait dans le bureau du directeur.

Mordred reprit la parole :

— Tu n'as montré ce message à personne d'autre, j'espère, Yorick ?

— Bien sûr que non, messire.

— Parfait ! Garde ça pour toi. Ce sera notre

petit secret rien qu'à nous. Et tu seras grassement récompensé en échange de ton silence.

– Oh, merci, messire ! s'écria Yorick, ravi.

– Suis-moi dans la cuisine, ordonna Mordred.

Wiglaf entendit une clé tourner dans la serrure. La porte du bureau s'ouvrit.

– Pour te récompenser, je t'offre une grande tasse de chocolat chaud préparé par Potaufeu.

– Oh…, fit Yorick, nettement moins ravi.

Leurs pas s'éloignèrent dans le hall.

Wiglaf s'extirpa vite de l'armure.

Angus fit de même.

– Tu as entendu ? chuchota-t-il.

Wiglaf acquiesça.

– À ton avis, Mordred va payer la rançon ?

– Certainement pas.

– Il faut qu'on découvre qui a été enlevé, affirma Wiglaf. Pour le secourir.

– Ah, tu crois ? répondit Angus, bien moins convaincu.

– Mordred a peut-être laissé la demande de rançon dans son bureau.

– C'est ce qu'on va voir.

Angus tripota la poignée d'une main experte et la porte s'ouvrit.

Le cœur battant, Wiglaf s'introduisit dans le bureau du directeur. Il n'osait même pas imaginer ce que Mordred leur ferait s'il les surprenait en train de fouiner.

Les garçons regardèrent d'abord dans ses dossiers, puis sous ses nombreux coussins de velours, mais en vain. Wiglaf jeta alors un coup d'œil dans la corbeille à papier. Elle était pleine de morceaux de parchemin.

– J'ai trouvé ! Il a déchiré la demande de rançon.

Les deux apprentis massacreurs ramassèrent tous les petits bouts et les fourrèrent dans leurs poches. Puis Angus prit une nouvelle feuille sur le bureau de son oncle et en fit des confettis qu'il jeta dans la poubelle.

Après quoi, ils s'empressèrent de quitter la pièce.

— Allons à la bibliothèque, proposa Wiglaf. On pourra reconstituer le message tranquillement, Mordred ne monte jamais là-haut.

Les garçons filèrent vers la tour Sud.

— Frère Dave ? cria Wiglaf, essoufflé d'avoir gravi à toute allure les 427 marches qui menaient à la bibliothèque de l'EMD.

Pas de réponse.

— Verso ? haleta bruyamment Angus.

Aucune réaction. Le jeune dragon n'était visiblement pas dans sa cachette.

— Regarde, fit Angus. Frère Dave a laissé un mot sur son bureau.

Chers lecteurs,
Je suis parti chercher de nouveaux ouvrages pour notre bibliothèque. Je reviendrai bientôt avec :
Qui a tué Messire Mordicus Delaverrue ? *du professeur Jean C. Rien*
Pouces, doigts et orteils, *du comte Juskadiz*
Réglez vos dettes sans souci, *de Jack Pote*

Demain commence aujourd'hui, *de Gaëtan Quipasse*
   À bientôt,
   Frère Dave

Angus et Wiglaf vidèrent leurs poches sur la table de la bibliothèque. Ils s'installèrent pour tenter de reconstituer le message comme un puzzle. Plusieurs mots leur sautèrent aux yeux : « ce soir » et « or ».

– Il y a aussi une carte, remarqua Angus. Regarde.

Wiglaf mit les derniers morceaux à leur place. Angus les colla sur une feuille de parchemin avec la glu spéciale de Frère Dave. Il restait quelques trous dans le texte, mais cela ne gênait pas la lecture :

Pour Morded, diraiteur de l'EMD
   Aport   brouaite plaine d'   dev   grote du mont Garatoi. Si l'or n'ait pas là   ce soir, tu   revéras jamé ton cher Ma   !
   Sinié : le Kid na pas peur

Le ravisseur avait visiblement de gros problèmes d'orthographe. Wiglaf lut à haute voix, tentant de combler les blancs :

Pour Mordred, directeur de l'EMD. Apporte une brouette pleine d'or devant la grotte du mont Garatoi…

… *Si l'or n'est pas là d'ici ce soir*, poursuivit Angus, *tu ne reverras jamais ton cher Ma…*

– Qui peut bien être ce fameux Ma… ? fit Wiglaf.

– Maxime ? proposa Angus

– Je ne connais pas de Maxime. Et toi ?

Il secoua la tête.

Wiglaf relut le message et examina la carte grossièrement dessinée dessous. Un sentier menait de l'EMD au mont Garatoi. Une tache à mi-chemin portait les initiales V. D.

– V. D. ? Ce doit être le village de Doidepied. La grotte n'est donc pas loin d'ici. Si on se dépêche, on peut y arriver dans l'après-midi.

— Et pourquoi ferait-on ça ? s'étonna Angus.

— Pour sauver celui ou celle qui a été enlevée, expliqua Wiglaf. On tient un scoop, Angus. Imagine l'article qu'on pourra écrire ! On est sûrs de faire la une de la gazette avec ça !

— Et si le kidnappeur nous kidnappe ? fit valoir son ami qui frissonnait à cette simple idée.

— Si c'était toi qui avais été enlevé, tu ne voudrais pas qu'on vienne à ton secours ? demanda Wiglaf.

— Si, évidemment, je voudrais qu'un chevalier vaillant et courageux, comme Messire Lancelot, vienne me chercher. Pas deux petits avortons comme nous !

— Tu as vu Messire Lancelot dans les parages ? répliqua Wiglaf. Non. Et il faut agir avant ce soir.

Angus secoua la tête.

— Ce serait un exploit héroïque, insista Wiglaf.

Angus le dévisagea.

— Et ce serait nous, les héros, compléta son ami.

— Angus du Pangus, héros sans peur et sans reproche, murmura pensivement Angus. Ça lui clouerait le bec, à oncle Mordred.

Il plia la demande de rançon.

— Allons-y, Wiglaf ! On va trouver cette grotte !

Chapitre trois

Tout le monde était en cours. Personne ne vit donc Angus et Wiglaf s'introduire dans le dortoir des garçons pour préparer leurs affaires.

Wiglaf mit dans son paquetage sa corde et son épée, Droitaucœur. Il emprunta la mini-torche et le briquet à silex d'Érica, pensant qu'elle ne lui en tiendrait pas rigueur. Surtout s'il rapportait un super scoop pour *La Gazette de l'EMD*.

Angus rassembla rapidement ses affaires, puis il ôta du mur une pierre qui n'était pas scellée, découvrant une cachette secrète. Il en tira sa réserve de friandises. L'eau à la bouche, Wiglaf le regarda remplir son sac de Dragonus réglisse, de cookies du Donjon, de caramels de Camelot, de Vieux-mallows, de cafards en chocolat, de sucettes de la Table Ronde, et de Princes fourrés aux anguilles.

Il attacha sa gourde à sa ceinture, puis laissa un mot sur son oreiller :

Érica,
Avec Angus, nous sommes partis en reportage pour La Gazette. *Surtout, ne dis rien à Mordred.*
Wiglaf

Cinq minutes plus tard, les garçons prenaient le chemin du Chasseur en direction du nord. Ils arrivèrent bientôt à Doidepied. Après avoir zigzagué dans les ruelles tortueuses, ils sortirent enfin du village. Au loin, Wiglaf aperçut une haute montagne.

— Le mont Garatoi, murmura-t-il.

— Drôle de nom pour une montagne, remarqua Angus.

Ils prirent le sentier du Vatan.

— Drôle de nom pour un sentier, ajouta-t-il.

Il se figea soudain.

— Gare à toi. Va-t'en. Tu crois qu'on essaie de nous faire passer un message ?

Wiglaf haussa les épaules.

— Peut-être. Mais on doit continuer.

Un oiseau sur une branche se mit à gazouiller :

— *Fédmitour ! Fédmitour !*

Un autre reprit en chœur :

— *Fichlecamp ! Fichlecamp !*

Wiglaf frissonna. C'était sinistre, mais ça ferait bien dans leur article. Ces cris d'oiseaux recréeraient l'ambiance. Il se demandait bien ce qu'ils allaient trouver en arrivant à la grotte. Finalement, il n'était plus très sûr que deux apprentis massacreurs à peine armés faisaient le poids face à un kidnappeur.

Mais ils poursuivirent néanmoins leur route. Le long du sentier du Vatan, ils passèrent devant de nombreux panneaux :

Téniaville, 2 lieues

Ratamoustache
(tout du moins ce qu'il en reste), 4 lieues

Vallée des vautours, 98 lieues
(et ça ne vaut pas franchement le détour)

Angus et Wiglaf continuèrent tout droit, en direction du nord. Les panneaux indiquaient maintenant :

Mont Garatoi, tout droit

Garatoi, toi qui viens par ici

S t ls ç, fs dm-tr mtnt !

Gare à toi ! Comment il faut te le dire ?

T'es pas le bienvenu par ici !

Après ce dernier panneau, Angus s'arrêta.

— Allez, on fait demi-tour.

— Enfin, Angus, on est bien ressortis entiers de la Caverne Maudite, non ?

— Justement, faudrait peut-être pas tenter le sort.

— Dis-toi qu'on va devenir des héros, conseilla Wiglaf.

Angus grommela dans sa barbe, mais il le suivit.

Dans l'après-midi, ils arrivèrent au pied du mont Garatoi. Le sentier serpentait à flanc de montagne jusqu'à un gros trou noir : la grotte du Garatoi.

— Tu veux faire une pause avant de grimper là-haut ? proposa Wiglaf.

— Non, si je m'arrête, je ne pourrai plus repartir.

Ils s'engagèrent donc sur le sentier escarpé, bordé d'un côté par la paroi rocheuse et de l'autre par un précipice. Ils n'avaient pas parcouru cent mètres qu'ils découvrirent un panneau :

Les chauves-souris sont chauves

Ils poursuivirent leur ascension et en trouvèrent un autre :

Les serpents sont méchants

Le panneau suivant disait :

Si j'étais toi…

Et celui d'après

Je ficherais le camp !

Angus se figea sur place.
– J'ai peur !
– Moi aussi, reconnut Wiglaf.
Mais ils continuèrent quand même. Un peu plus loin, ils arrivèrent devant une nouvelle série de pancartes :

Les serpents sont méchants

Les chauves-souris sont chauves
Si tu veux avoir la vie sauve,

Pars en courant.

Ils ne partirent pas en courant. Mais ils se mirent à quatre pattes, tandis que le sentier devenait de plus en plus raide. Ni Angus ni Wiglaf n'osaient jeter un regard en contrebas.

Lorsqu'ils parvinrent au bout du sentier, ils se retrouvèrent face à un mur de pierre.

Angus gémit :

— On y arrivera jamais !

— Regarde, il y a des prises et des fentes dans la roche.

Wiglaf en tête, ils glissèrent donc leurs pieds dans les fentes et se cramponnèrent à la roche pour escalader la paroi. Enfin, ils arrivèrent au sommet et roulèrent sur un plateau couvert d'herbe.

Wiglaf demeura un instant couché sur le dos, tentant de reprendre son souffle.

– C'est fou, j'ai réussi. J'ai du mal à y croire, remarqua Angus. Ça mérite une petite récompense.

Il sortit son sachet de sa poche et tendit à Wiglaf un Dragonus réglisse tandis qu'il mangeait pratiquement tout le reste.

Les garçons se relevèrent pour gagner l'entrée de la grotte. Il y avait des pancartes plantées partout. Du genre :

> *Que tu t'appelles Robert ou René,*
> *Si tu entres dans cette grotte,*
> *tu vas le regretter.*

Ou bien :

> *Que tu te prénommes Berthe ou Tessa,*
> *Va-t'en et plus vite que ça !*

– Qui a rédigé toutes ces pancartes, à ton avis ? demanda Angus d'une voix tremblante.

– Viens, on entre ! décréta Wiglaf.

En réalité, il n'était pas si sûr de lui qu'il le paraissait. Dans une main, il prit la mini-torche d'Érica, dans l'autre son épée, Droit-aucœur. Et il pénétra à l'intérieur de la grotte du Garatoi.

— Attends-moi, pleurnicha Angus. J'veux pas rester tout seul ici !

Wiglaf sentit son ami s'agripper à sa tunique.

Ils contournèrent un énorme rocher qui trônait juste à l'entrée de la grotte, puis s'enfoncèrent dans un étroit tunnel. De chaque côté, Wiglaf vit plusieurs petits couloirs qui menaient Dieu sait où. Une étrange odeur de fumée et de pourriture leur monta aux narines. Ils progressaient tout doucement, pour éviter les stalagmites qui se dressaient un peu partout et les stalactites qui pendaient du plafond – ce qui n'était pas évident.

BANG ! Wiglaf avait trébuché sur quelque chose.

— Une jambière de chevalier !

– Et regarde là-bas, un gantelet de chevalier ! s'écria Angus. Mais où est passé le chevalier ?

Wiglaf n'en avait pas la moindre idée. La jambière était rouillée. Et le gantelet aussi. Quoi qu'il soit arrivé à ce chevalier, cela s'était produit il y a fort longtemps.

Progressant dans le tunnel, ils débouchèrent enfin dans la salle principale de la grotte. Le sol était jonché de pièces d'armure. Des heaumes cabossés. Des plastrons rongés par la rouille. Des bouts de cottes de mailles éparpillés ici et là. Un pommeau d'épée où il ne restait plus qu'un moignon de lame. Visiblement, de terribles combats avaient eu lieu dans cette grotte.

– Écoute, chuchota Angus.

Dans le lointain, Wiglaf entendit un fracas métallique. Et… n'était-ce pas un cri ? Si ! Et encore un autre. Serrant fermement Droitaucœur, il fit un pas en avant.

Le tunnel s'élargissait. La lueur d'un feu dansait sur les parois de la caverne. Ils avancèrent encore. Plus ils approchaient, plus les cris et le vacarme s'amplifiaient.

– Qu'est-ce qu'on est venus faire là ? geignit Angus.

– Chut ! souffla Wiglaf. Il faut qu'on prenne le ravisseur par surprise.

– Et s'il n'est pas seul ? S'ils sont toute une bande ? Qu'est-ce qu'on va faire ?

Un hurlement retentit alors.

– Misère ! s'écrièrent en chœur les deux apprentis massacreurs.

Ils se jetèrent dans les bras l'un de l'autre, terrifiés.

Puis ils tendirent l'oreille. Silence.

Main dans la main, ils firent un pas. Puis un autre.

Et tout à coup, le sol céda sous leurs pieds.

– AAAAAAAAAH ! cria Wiglaf.

– AAAAAAAAAH ! cria Angus.

Ils tombèrent dans le vide en hurlant, hurlant, hurlant.

Chapitre quatre

BOUM !

Wiglaf se cogna contre le sol de pierre.

BOUM !

Angus atterrit à côté de lui.

La violence du choc souffla la mini-torche. Wiglaf cligna des yeux dans la pénombre. Il bougea les doigts. Remua les bras et les jambes. Tourna la tête à droite, puis à gauche. Rien de cassé. Il s'assit et chuchota :

– Ça va, Angus ?

– Beuh…

Des pas lourds résonnèrent au-dessus d'eux.

Puis BANG ! BANG ! BANG !

On aurait dit un gong… Wiglaf entendit du vacarme mêlé de cris et de hurlements. Que se passait-il encore ?

– Angus, murmura-t-il, j'ai bien peur qu'on ait été kidnappés, nous aussi.

– Alors, c'est fichu ! Adieu, Wiglaf. Ravi de t'avoir connu.

– N'abandonne pas tout de suite. On peut peut-être s'échapper.

– S'échapper ? tonna une voix venue d'en haut.

Un petit caillou affuté comme un poignard frôla l'oreille de Wiglaf. Puis un autre. Et encore un autre ! Les deux apprentis massacreurs courbèrent la tête pour se protéger du déluge de pierres pointues qui pleuvaient sur eux.

– Ouille ! Aïe ! Ouille !

– Ça va, Angus ? s'inquiéta Wiglaf.

Son ami acquiesça. Puis il leva le poing vers l'ennemi qui les attaquait en hurlant :

– Jamais vu un kidnappeur aussi méchant de ma vie !

Une tête apparut au bord de la fosse. Une paire d'yeux brillants fixa Wiglaf et Angus.

Les deux apprentis massacreurs n'en revenaient pas.

Ils pensaient avoir affaire à un affreux bandit. Mais ils se trouvaient face à un gamin. Un tout petit garçon qui devait avoir l'âge du frère cadet de Wiglaf – six ou sept ans, pas plus. Il était coiffé d'un casque en forme de seau, avec une sangle en métal sous le menton. Quelques mèches de cheveux blonds s'en échappaient sur les côtés.

– Comment tu t'appelles ? demanda Angus.

– C'est pas tes melons ! répliqua le gamin et il disparut de leur vue.

Wiglaf n'y comprenait rien. Que se passait-il ? Pourquoi ce petit garçon leur criait-il dessus ? Ça n'avait aucun sens.

– C'est toi qui as été enlevé ? lui demanda-t-il.

– C'est toi qui as été enlevé ? répéta l'autre en l'imitant.

Wiglaf leva les yeux. Il était réapparu, mais cette fois, avec un autre casque, muni d'un protège-nez en fer. On ne voyait que ses yeux et son sourire mauvais. Il lui manquait une dent de devant.

C'est alors qu'une deuxième tête apparut à côté de la première. Coiffée du casque en forme de seau. Nom d'un dragon ! Il y avait deux gamins !

Angus se mit à crier :

— Oh, non, non ! Misère !

— Qu'est-ce qui se passe, Angus ?

— J'aime encore mieux avoir affaire à deux démons de l'enfer ! Tout mais pas ces deux-là !

— Quoi ? s'étonna Wiglaf. Tu les connais ?

— Oh que oui ! Ce sont mes cousins, Bett et Maichan.

Wiglaf leva la tête. Bett et Maichan se tenaient au bord de la fosse, le sourire aux lèvres.

— Salut, Angus ! lança celui qui avait le casque en forme de seau.

– Salut, Angus ! fit celui qui portait le casque avec le protège-nez.

– Salut, soupira-t-il.

– Nous sommes venus vous secourir, expliqua Wiglaf.

– Mais on ne veut pas ! répliqua Bett.

– Ouais, enchaîna Maichan, on est bien ici.

– Vous pourriez nous aider à sortir de ce trou ? demanda Wiglaf.

– On pourrait, ouais, répondit Bett. Mais on n'a pas envie.

Et ils éclatèrent de rire en chœur.

– Tu comprends, Wiglaf ? gémit Angus. Ils sont odieux.

– Hé, vous savez quoi ? reprit Maichan. On est dans la grotte d'un dragon. Il va bientôt revenir. Et il aura l'estomac dans les talons.

– Ton copain est trop maigrichon, remarqua Bett.

– Mais le dragon adore les petits grassouillets comme toi, Angus, affirma Maichan.

– Ha-ha ! Très drôle.

— Angus est un vrai régal pour les dragons ! se moqua Bett.

Et ils ricanèrent.

Leur cousin se redressa brusquement.

— En parlant de ça, si vous nous sortez de là, je vous donne de quoi vous régaler.

— T'as quoi ? voulut savoir Bett.

— Des cafards en chocolat.

— Beurk ! cria-t-il. On a horreur de ça.

— Ouais, renchérit Maichan. Nous, on préfère les vrais cafards.

— Qui croustillent sous la dent.

Rien que d'y penser, Wiglaf avait mal au cœur.

— J'ai des Vieuxmallows, reprit Angus.

ZIIIIP ! Une corde tomba dans la fosse.

— Merci ! cria Wiglaf en s'empressant de l'attraper.

— C'est pas pour toi ! gronda Bett.

— Attache les bonbons ! ordonna Maichan.

— Pas question. Si vous voulez mes provisions, il faut nous prendre avec. Moi et mon copain, répliqua Angus.

WIZZZ ! La corde remonta.

– On va grignoter un peu, Wiglaf, annonça-t-il d'une voix forte.

Il sortit les bonbons de sa poche.

– J'ai des cookies du Donjon, des Dragonus réglisse et un gros paquet de Vieuxmallows. Tiens, si on avait un feu, on pourrait les faire griller.

– Miam ! fit Wiglaf.

– J'étalerais le Vieuxmallow fondu sur un cookie du Donjon avec un Dragonus réglisse et un autre cookie par-dessus et scrunch !

Aucune réaction de la part de Bett et Maichan.

– Ça s'appelle un sandwich Zencore, parce que, quand t'en manges un, t'en veux encore.

ZIIIP ! La corde réapparut.

Angus échangea un sourire complice avec Wiglaf.

– On a toujours besoin d'un petit bonbon dans sa poche !

Chapitre cinq

Angus tendit la corde à Wiglaf.

– Après toi.

Son ami se dépêcha de grimper avant que Bett et Maichan ne changent d'avis. Une fois arrivé en haut, il se releva tant bien que mal.

– Merci, les gars.

Les jumeaux portaient de vieilles pièces d'armure toutes rouillées et bien trop grandes pour eux, qui faisaient un boucan monstrueux au moindre mouvement.

Bett s'approcha de Wiglaf pour lui prendre la corde des mains. Pouarc ! L'apprenti massacreur recula d'un pas. Son père, Fergus, sentait déjà terriblement mauvais car il estimait que les bains rendaient fou. Mais ces deux gamins dégageaient une puanteur insoutenable.

Ils jetèrent la corde à leur cousin. Avec l'aide de Wiglaf, ils réussirent à le hisser hors de la fosse. Puis, avec une agilité surprenante, Angus fit une roulade pour leur échapper et se releva d'un bond quelques mètres plus loin.

– Arrière ! cria-t-il. Si vous voulez un Zencore, je vous préviens, restez où vous êtes !

– Enfin, cousin, protesta Bett, tu n'as pas confiance en nous ?

– Pas du tout.

Maichan se tourna vers Wiglaf.

– Toi, tu nous fais confiance, non ?

– Mouais, répondit-il par pure politesse.

– Eh bien, t'as tort ! s'écrièrent les jumeaux d'une seule voix.

Ils se jetèrent sur lui, le renversant en arrière. Sans lui laisser la moindre chance de se défendre, ils lui attachèrent les mains dans le dos et l'assirent contre la paroi de la grotte.

— Nom d'un dragon ! s'exclama-t-il. Mais qu'est-ce que vous fabriquez ?

— Tu es notre prisonnier, décréta Bett.

— Détachez-le ou vous n'aurez pas un seul bonbon ! menaça Angus.

— Ah ouais ? Ça, c'est ce que tu crois ! affirma Bett.

Et ils lui sautèrent dessus comme des loups affamés.

— Non ! supplia Angus. Au secours !

Ses petits cousins le firent tomber à terre, lui arrachèrent ses provisions, le ligotèrent et l'installèrent à côté de Wiglaf.

— Et de deux ! annonça Maichan avec un sourire édenté.

Il attacha la cheville droite d'Angus à la cheville gauche de Wiglaf.

— Ouille ! protesta Angus. C'est trop serré !

Maichan serra encore plus fort.

Puis les jumeaux entamèrent une sorte de danse de guerre autour de leur feu de camp, criant et grondant. Les poignards en stalactites accrochés à leurs ceintures battaient la mesure contre leurs armures rouillées. BONG ! BONG ! BONG !

– De vrais sauvages, commenta Angus.

– Non, les sauvages sont plus civilisés, affirma Wiglaf.

Il jeta un regard autour de lui. La grotte était immense et ronde. Du plafond voûté pendaient de longues stalactites. L'eau qui gouttait en permanence au bout avait fait pousser des stalagmites juste en dessous. Parfois stalactites et stalagmites se rejoignaient, formant de grosses colonnes. Le feu de camp crépitait au milieu de la salle et sa fumée s'échappait vers le haut, par un trou qu'il n'apercevait pas.

Lorsque les jumeaux eurent fini leur étrange danse, ils s'assirent autour du feu sur des tabourets-stalagmites. Ils enfilèrent les Vieuxmallows sur leurs poignards-stalactites pour les faire rôtir dans les flammes. Une bonne odeur de guimauve caramélisée emplit bientôt la grotte.

– Attention ! Vous allez les carboniser ! prévint Angus. Faites-les griller doucement.

– On les aime carbonisés, répliqua Bett.

Il sortit un Vieuxmallow enflammé du feu, souffla dessus pour l'éteindre et fourra le bonbon noirci dans sa bouche.

– Miam ! C'est bon !

Angus était au bord des larmes.

Pendant ce temps, Wiglaf s'efforçait de détendre la corde qui lui liait les poignets.

– J'veux un Zencore ! brailla Bett.

– Ouais, moi aussi, renchérit son frère.

Les jumeaux fouillèrent dans les réserves de leur cousin à la recherche des cookies et des Dragonus. Ils se préparèrent d'énormes sandwiches de biscuits et de bonbons dont ils ne firent qu'une bouchée.

– Oh non, je ne veux pas voir ça ! gémit Angus en fermant les yeux. Préviens-moi quand ils auront fini.

Les jumeaux vidèrent le paquet de cookies, finirent les Dragonus, avalèrent jusqu'au dernier Vieuxmallow.

Maichan émit alors un rot sonore :

– BURP !

Angus se redressa soudain, indigné.

– On vient à votre secours, et voilà comment vous nous remerciez !

Bett mâcha la bouche ouverte pour les écœurer encore davantage.

– Dites-nous au moins ce que vous faites là, poursuivit Wiglaf.

– C'est notre cachette, fit Maichan.

– Mais pourquoi vous cachez-vous ? s'étonna Angus.

– M'man veut qu'on aille à l'école, expliqua Bett. Elle a écrit à oncle Mordred pour le prévenir, puis elle a préparé nos bagages et nous a envoyés à l'EMD.

– Sauf que nous, on voulait pas y aller.

– Alors on s'est enfuis. On a trouvé cette grotte. Elle était vide à part deux-trois vieux morceaux d'armure. Alors on s'est installés.

— Donc vous n'avez pas été enlevés !
s'exclama Wiglaf.

— Nan, c'est nous qui avons écrit la
demande de rançon, expliqua fièrement
Maichan. Nous sommes allés à l'EMD au
milieu de la nuit et nous avons laissé le
message sur le pont-levis, sous une pierre.

Wiglaf n'en revenait pas. Tout ça n'était
qu'une mise en scène !

— C'est oncle Mordred qui a trouvé la
demande de rançon ? demanda Bett.

Angus acquiesça.

— Et il vous a envoyés ici avec une
brouette remplie d'or ? s'enthousiasma
Maichan.

Son cousin leva les yeux au ciel.

— Tu plaisantes ! Tu connais oncle Mordred. Il est bien trop radin pour se séparer
d'une seule pièce d'or.

— Je te l'avais bien dit, fit Bett en poussant
son frère du coude.

— Et alors ? répliqua Maichan en lui lan-
çant une pierre pointue.

Bett se jeta sur lui. Les deux frères roulèrent sur le sol en échangeant coups de poing, coups de pied et coups de dent.

Angus secoua tristement la tête.

– Et dire qu'ils sont de ma famille.

– Heureusement qu'ils sont en armure, remarqua Wiglaf tout en essayant de se libérer.

Il avait l'impression que la corde devenait un peu plus lâche. Soudain, le sol de la grotte trembla.

Wiglaf se tourna vers Angus. Celui-ci écarquilla les yeux. Il l'avait senti aussi.

BOUM.

Les jumeaux arrêtèrent de se battre. Ils avaient tous les deux le nez en sang.

– Qu'est-ce que c'était ? chuchota Wiglaf.

Bett et Maichan fixaient le tunnel sans rien dire.

– On dirait un dragon, intervint Angus.

– Un dragon ? répéta Bett.

BOUM, BOUM.

– Mais non, il n'y a pas de dragon. On a

tout inventé pour vous faire peur, avoua Maichan.

Un nuage de fumée jaune malodorante s'échappa du tunnel.

— On parie ? On va tous faire le régal d'un bon gros dragon ! affirma Angus.

Chapitre six

Les jumeaux échangèrent un regard avant de hurler :

— Sauve qui peut !

— Attendez ! les héla Wiglaf. Détachez-nous.

Mais Bett et Maichan avaient déjà filé vers le fond de la grotte.

— On est cuits, gémit Angus.

Wiglaf serra les dents. Il rassembla ses forces pour tirer un bon coup et libérer une de ses mains. Il se débarrassa de la corde et essaya de délivrer son ami.

BOUM ! BOUM !

— Vite ! le pressa Angus. Le dragon arrive.

Les pas se rapprochaient. Un nouveau nuage de fumée jaune et putride s'échappa du tunnel.

Wiglaf avait du mal à détacher la corde. Les jumeaux étaient peut-être nuls en orthographe, mais ils savaient faire des nœuds.

– C'est bon ! s'écria-t-il enfin en arrachant la corde des poignets d'Angus.

Les deux apprentis massacreurs se relevèrent en titubant car ils avaient les chevilles attachées. Passant chacun le bras autour des épaules de l'autre, ils tentèrent de fuir en trottinant comme un animal à trois pattes.

BOUM !

– Qui a mis ma grotte sens dessus dessous ? tonna une voix caverneuse. Quelle horreur, c'est un vrai bouge !

Ils se cachèrent derrière une colonne. Wiglaf n'avait jamais entendu un dragon employer des mots aussi compliqués.

Il se mit à trembler. Ou bien peut-être était-ce Angus ? Étant donné qu'ils étaient ligotés l'un à l'autre, c'était difficile à dire.

– Il n'y a pas d'autre issue, gronda le dragon. Je sais que vous êtes là, alors montrez-vous.

Entendant un bruit métallique, Wiglaf jeta un regard par-dessus son épaule. Bett et Maichan étaient tapis derrière une grosse stalagmite. Et ils ricanaient, ce qui faisait cliqueter leurs vieilles armures.

Wiglaf risqua un coup d'œil de l'autre côté. Dans la lueur dansante du feu, il vit un énorme dragon rouge, à la crête jaune et aux oreilles violettes – une femelle, donc. Ses yeux orange vif scrutaient la grotte. Wiglaf fut surpris de constater qu'elle avait un rang de perles autour du cou. Et un sac à main rouge dans sa patte avant.

Il recula vite derrière la colonne. Une dragonne qui portait un collier et un sac ? Pas très effrayant. Mais en tant qu'apprenti massacreur, il avait appris à ne pas se fier aux apparences.

— Vous l'aurez cherché ! annonça la dragonne. J'arrive !

Wiglaf entendit les pas se rapprocher de plus en plus.

— Aaah ! cria-t-il en voyant la grosse tête de la bête surgir juste sous son nez.

— Misère ! gémit Angus.

— Des gamins ! J'aurais dû m'en douter ! s'exclama-t-elle.

Glissant avec précaution une griffe sous leur tunique de l'EMD, elle souleva les deux amis de terre et les suspendit dans le vide. Wiglaf sentit comme une délicate odeur de lilas. La dragonne s'était parfumée !

— Êtes-vous des apprentis chevaliers ? s'enquit-elle.

— En q-q-quelque sorte, répondit Wiglaf.

La dragonne soupira :

— De vrais chevaliers n'auraient jamais mis ma grotte dans un état pareil.

— Mais c'est pas nous ! protesta Angus.

— C'est pas nous ! répétèrent en chœur les jumeaux avant d'exploser de rire.

La dragonne se retourna aussitôt.

— Qui a parlé ?

— Qui a parlé ? se moquèrent les jumeaux.

La dragonne bondit vers l'endroit d'où provenaient les ricanements.

Angus et Wiglaf tanguaient dangereusement au bout de ses griffes.

Bett et Maichan la défièrent en agitant leurs poignards-stalactites.

— Tu nous attraperas pas !

Ils esquivèrent la bête, puis se retournèrent brusquement pour lui faire face.

— Chargez ! hurlèrent-ils en brandissant leurs armes.

— Sapristi ! s'exclama la dragonne en reculant.

Bett et Maichan lui plantèrent leurs poignards dans les pattes, encore et encore.

— Ouille ! Ouille ! Arrêtez, vilains petits garnements !

Mais ils n'avaient aucune envie d'arrêter.

La dragonne laissa tomber Angus et Wiglaf. Ils tentèrent de s'enfuir, hélas, avec leurs chevilles attachées, ils s'étalèrent lamentablement.

Les jumeaux narguaient la dragonne :

– Nanana nanère ! Tu nous fais pas peur !

– Ah bon ?

Deux volutes de fumée noire s'échappèrent de ses oreilles violettes.

– Ça peut s'arranger, affirma la dragonne en colère.

Horrifiés, Wiglaf et Angus virent sa crête jaune se déployer telle une voile de bateau. Ses yeux orange étincelaient. Ses perles se mirent à rougeoyer comme des boules de lave en fusion. Elle agita une longue griffe acérée en direction des jumeaux.

Mais ils l'esquivèrent et s'enfuirent en courant, traversant la grotte pour s'engouffrer dans le tunnel.

La dragonne ouvrit son énorme gueule et cracha une gerbe de flammes orangées. WOUSH !

Puis elle posa son sac, se mit à quatre pattes et se lança à leur poursuite.

— Il faut qu'on arrive à se détacher, décida Wiglaf.

Il se pencha pour ôter sa bottine gauche. Angus fit de même avec la droite. Les deux garçons se libérèrent de leurs liens, se rechaussèrent et se levèrent d'un bond.

— Comment on sort d'ici ? demanda Angus. On est obligés de passer par le tunnel.

— Viens ! l'encouragea Wiglaf. Si la dragonne approche, on pourra toujours se cacher dans les petits passages sur les côtés.

Les deux apprentis massacreurs avancèrent à tâtons le long des parois humides. Soudain, ils aperçurent une lueur au loin. Ils entendirent cliqueter et ricaner.

Wiglaf et Angus s'approchèrent sans bruit des jumeaux. Bett s'était emparé de la mini-torche d'Érica et l'agitait dans tous les sens.

— Chut ! lui intima Wiglaf.

— Vous êtes fous ? souffla Angus. Vous avez un dragon à vos trousses, ce n'est pas le moment de rigoler ! Tenez-vous tranquilles !

– Tenez-vous tranquilles ! répétèrent les jumeaux en écho.

– Vous auriez dû vous enfuir quand vous en aviez l'occasion ! remarqua Wiglaf.

– Et pourquoi ? répliqua Bett.

– C'est notre grotte, affirma Maichan.

– Ça, je ne crois pas, soupira Angus. La dragonne va revenir d'une minute à l'autre. Allez, venez !

Il attrapa Maichan par un bout de son armure.

– Hé ! Lâche-moi !

BOUM ! BOUM !

Wiglaf arracha la torche des mains de Bett et l'éteignit.

Les pas de la dragonne résonnèrent dans le tunnel. Elle était rentrée dans la grotte.

– On va attendre qu'elle nous ait dépassés, chuchota Wiglaf. Puis on foncera vers la sortie.

Les quatre garçons se tapirent contre la paroi. Pour une fois, Bett et Maichan se tinrent immobiles.

La dragonne passa devant eux, galopant vers le fond de la grotte. Ils attendirent que ses pas s'éloignent.

Wiglaf ralluma alors la mini-torche.

– Suivez-moi !

Il prit la tête du petit groupe et courut vers l'entrée de la grotte. Angus était juste derrière lui, les jumeaux suivaient. Mais pourquoi gardaient-ils leurs vieilles armures ? Ça faisait un bruit d'enfer !

– Je vois le jour ! annonça enfin Wiglaf.

– Youpi ! hurla Bett.

Les jumeaux écartèrent Wiglaf et Angus d'un coup de coude pour leur passer devant.

Les deux amis étaient sur leurs talons.

– On... y est... presque ! haleta Wiglaf.

Mais soudain quelque chose leur cacha la lumière du jour. Quelque chose d'énorme.

La dragonne ! Elle se tenait devant eux, leur bloquant le passage. Elle cracha une longue flamme orangée.

WOUSH !

– Au secours ! crièrent les quatre garçons.

Ils firent volte-face et repartirent en courant dans l'autre sens.

Comment la dragonne avait-elle fait pour les attendre à l'entrée ? Wiglaf essayait de comprendre en détalant à toutes jambes, mais au détour d'un virage…

… ils se retrouvèrent face à elle !

WOUSH !

– Misère ! crièrent-ils en chœur.

De nouveau, ils tournèrent les talons et revinrent sur leurs pas.

Mais à peine avaient-ils fait quelques mètres que…

WOUSH ! La cracheuse de feu était devant eux !

Les garçons se retournèrent et repartirent en sens inverse. Wiglaf était complètement perdu. Tentaient-ils de sortir de la grotte ? Ou au contraire d'y pénétrer ? Il ne savait plus. Tout ce qu'il savait, c'était qu'il courait pour échapper à une mort certaine.

WOUSH ! Elle était sous leur nez.

Ils se retournèrent et…

WOUSH ! Elle était de l'autre côté !

Dragonne devant. Dragonne derrière. Wiglaf en avait le tournis. Il voyait double ou quoi ?

– Elles sont deux ! s'écria Angus.

– Des jumelles dragonnes ! s'exclamèrent Bett et Maichan.

Effectivement. Oh non ! Ils étaient doublement en danger maintenant !

Chapitre sept

Bett écarquilla les yeux, désignant le plafond de la grotte.

— Ça s'effondre ! hurla-t-il. Tous à terre !

— Sapristi ! s'écrièrent les jumelles dragonnes.

Et elles se jetèrent à plat ventre par terre, la tête dans les pattes.

Angus et Wiglaf firent de même.

Mais les jumeaux enjambèrent l'une des dragonnes et s'enfuirent dans le tunnel.

— Ah, les crétins ! ricanaient-ils en courant. Les crétins de chez crétin !

Wiglaf se releva en vitesse.

— Angus, vite ! Cours !

Mais les dragonnes se redressèrent d'un bond.

— Pas question, siffla l'une des dragonnes avant de se tourner vers sa sœur. Ces petits vauriens sont entrés dans notre grotte, Ethel. Ils doivent se cacher dans un recoin. On s'occupera d'eux plus tard. Fais d'abord rouler le rocher pour boucher l'entrée.

— D'accord, sœurette.

Et elle s'éloigna à pas lourds vers le jour.

L'autre se posta devant Angus et Wiglaf.

— Avancez les mains en l'air, prisonniers.

Les deux apprentis massacreurs obéirent et s'enfoncèrent dans les profondeurs de la grotte, la dragonne sur les talons.

— Assis, ordonna-t-elle en montrant un banc en pierre.

Wiglaf et Angus s'assirent.

Elle s'installa en face d'eux. Ils virent alors sa crête jaune se ratatiner jusqu'à ne plus former qu'un petit froufrou sur le sommet de son crâne. Son rang de perles reprit sa teinte blanc argenté.

– Je ne vous ligote pas, ça ne sert à rien, l'entrée est bloquée, on ne peut plus sortir.

Elle regarda autour d'elle et poussa un soupir.

– Notre pauvre grotte !

Tirant un mouchoir en dentelle de son sac, elle se tamponna les yeux.

– Ne pleure pas, Lucinda, fit sa sœur en la rejoignant. Je vais t'aider à ranger.

Sa crête et ses perles avaient également repris leur allure normale.

– Merci, sœurette. Mais d'abord, j'aimerais avoir une petite discussion avec nos deux intrus.

Ethel s'assit à côté de sa sœur face aux apprentis massacreurs.

– Notre famille occupe cette grotte depuis sept cents ans, leur expliqua Lucinda. Et aucun de nos ancêtres n'avait jamais cassé ne serait-ce qu'une stalactite ou une stalagmite.

– Maintenant, il ne reste presque que des moignons, constata tristement Ethel. Il va falloir des siècles pour qu'elles retrouvent leur belle forme. Quel gâchis !

— Notre arrière-grand-père avait commencé une collection d'armures anciennes qui comportait des exemplaires uniques d'une valeur inestimable, reprit Lucinda. Nous l'avons enrichie petit à petit et nous avons exposé nos trouvailles sur les parois de la cave, en exploitant le relief naturel.

— Maintenant, la plupart de nos pièces les plus précieuses sont à terre. Cassées, piétinées ! hoqueta Ethel. Et ces petits garnements portent le reste ! Oh, c'en est trop !

— Nous sommes vraiment désolés que votre grotte ait été mise à sac, répondit Wiglaf.

— Mais ce n'est pas notre faute, intervint Angus. Ce sont les deux autres qui ont fait ça. Voilà ce qui s'est passé.

Il raconta aux jumelles dragonnes l'histoire de Mordred et de la demande de rançon.

— Nous ne nous sommes pas doutés un seul instant que c'était une mise en scène, enchaîna Wiglaf. Nous sommes venus ici pour les sauver.

– Bett et Maichan affirment qu'ils sont ici chez eux, ajouta Angus. Ils refusent de partir.

Lucinda secoua sa grosse tête de dragonne.

– Quel culot ! On part passer le week-end à la brocante de Dessousdebras… et voilà dans quel état on retrouve notre grotte !

Wiglaf entendit courir dans le tunnel.

– Chut ! souffla-t-il. Écoutez !

Angus et les dragonnes se turent.

Les pas se rapprochèrent et bientôt les jumeaux surgirent dans la salle en agitant ce qui ressemblait à des choux pourris au-dessus de leur tête.

– Dégagez de notre grotte ! ordonna Bett.

– Sapristi ! s'exclama Lucinda.

– Doux Jésus ! s'écria Ethel.

– Décampez et plus vite que ça ! brailla Maichan.

Il jeta une feuille de parchemin par terre.

– Ou sinon vous allez le regretter…

Les deux gamins lancèrent leurs espèces de choux en direction des dragonnes. Ils éclatèrent, répandant leur contenu : vieux os, crottes de chauves-souris, têtes de serpents et autres déchets en décomposition.

Wiglaf se boucha le nez. Oooh ! Quelle puanteur !

Bett et Maichan filèrent dans le tunnel en ricanant.

— Ha-ha ! Rien de tel qu'une bonne vieille boule puante !

Beurk ! Wiglaf pouvait à peine respirer.

Ethel et Lucinda, leurs mouchoirs en dentelle plaqués sur les naseaux, s'empressèrent de jeter les ordures à la poubelle.

— On va mettre une éternité à se débarrasser de cette odeur, gémit Lucinda en sortant un spray parfumé. Ce n'est pas très bien aéré.

Wiglaf renifla. Ça sentait bon le lilas… mais ça ne couvrait pas vraiment la puanteur.

Angus ramassa le morceau de parchemin que Maichan avait jeté. Il le lut à haute voix :

Dégajer de not grotte imediatman !

Ci vou zêtes pas parti dans une eure, on casse tou !

Bett et M

— Bonté divine ! s'exclama Lucinda. Comment se fait-il qu'ils n'aient absolument pas peur des dragons ?

— Comment se fait-il qu'ils n'aient absolument aucune notion d'orthographe ? renchérit Ethel.

On entendit un grand bruit au loin.

— Oh, ils n'attendent même pas notre réponse. Ils sont déjà en train de tout détruire !

— Nous sommes de vieilles dragonnes, reprit Lucinda en secouant la tête. Nous pensions passer notre retraite bien tranquilles ici. Qu'allons-nous devenir si nous ne parvenons pas à nous débarrasser de ces petits vauriens ?

Elle agita sa patte sous ses naseaux.

— Oh, quelle puanteur !

– Oui, c'est irrespirable, confirma Ethel. Nous avons tous besoin d'air frais.

Elle saisit son grand sac rouge.

– Venez !

Wiglaf jeta un regard à Angus. Ils allaient peut-être pouvoir en profiter pour s'échapper ! Malgré tout, il avait pitié des deux vieilles dragonnes. Dans le fond, il avait envie de rester pour les aider à se débarrasser de Bett et Maichan.

Lucinda prit également son sac et se leva. Elle porta la patte à son collier. Les perles se mirent à luire, mais cette fois, elles ne devinrent pas rouges comme de la lave en fusion. Non, elles étaient d'un blanc lumineux qui éclaira la pénombre.

– Suivez-moi, dit-elle.

Et elle les conduisit hors du tunnel.

Chapitre huit

Wiglaf et Angus suivirent les dragonnes. Où étaient donc passés les jumeaux ? Il n'y avait plus un bruit. C'était inquiétant.

À la lueur des perles, Wiglaf aperçut le gros rocher qui bouchait l'entrée de la grotte. Ethel saisit une longue pique en fer posée par terre puis, serrant les dents, la glissa entre la pierre et la paroi, pour faire levier. Le rocher s'écarta, ouvrant un passage.

Les deux dragonnes et leurs prisonniers se ruèrent dehors.

Wiglaf emplit ses poumons d'air frais.

Ahhh ! ça faisait du bien après la puanteur de la grotte.

Dehors, la température s'était rafraîchie. Le soleil venait de se coucher et la pleine lune d'apparaître.

Les jumelles dragonnes respiraient bruyamment. Puis elles s'étirèrent, tendant leur long cou rouge et déployant leurs ailes.

– Mm, je me sens déjà mieux, déclara Ethel.

– Moi aussi, affirma Wiglaf.

– Moi aussi, murmura Angus, sauf que j'ai un petit creux.

Tout à coup, un grondement sourd provenant de la grotte les fit sursauter. Ils se retournèrent juste à temps pour voir le gros rocher rouler et boucher de nouveau l'entrée.

– Ha-ha ! s'exclamèrent Bett et Maichan de l'intérieur. Vous ne pouvez plus entrer ! On est chez nous, maintenant !

– Par le dragon de saint Georges ! s'exclama Lucinda. Ils s'imaginent vraiment qu'on ne peut pas faire bouger cette pierre ?

– Laissons-leur cette illusion un instant, Lucy, décida Ethel. Profitons de ces quelques minutes de calme.

L'autre dragonne acquiesça.

– Essayons de trouver un moyen de se débarrasser de ces deux garnements autour d'une bonne tasse de thé.

Sous les yeux ébahis de Wiglaf, elle tira une bouilloire de son grand sac à main rouge, puis trottina jusqu'à un torrent tout proche pour la remplir d'eau.

Ethel ouvrit le sien et en sortit une théière, une petite bourse, deux tasses et deux soucoupes. Elle prit une pincée de feuilles vertes dans la bourse et les jeta dans la théière.

– On ne sait jamais quand on peut avoir besoin d'une bonne tasse de thé. Asseyez-vous sur les rochers, les garçons. Installez-vous confortablement.

Lucinda souffla une gerbe de flammes sur la bouilloire. L'eau ne mit pas long-temps à chauffer, elle la versa alors dans la théière, laissa infuser, puis remplit les deux tasses.

Elle les posa sur leurs soucoupes avant de les tendre à Wiglaf et à Angus.

– J'espère que vous aimez le thé à la dragamote.

Wiglaf y trempa les lèvres.

– Mm ! Délicieux ! C'est comme le thé à la bergamote, mais en un peu plus fort.

Les deux vieilles dragonnes échangèrent un sourire satisfait.

– Oh, j'allais oublier !

Ethel ouvrit à nouveau son sac pour en sortir un gros paquet de biscuits. Elle leur en donna deux à chacun.

– J'ai bien peur que vous ne deviez vous contenter de ça pour le dîner.

– Pas de problème ! s'exclama Angus en croquant dedans avec appétit. Miam !

– Ce sont des cookies aux pépites de dragolat, expliqua Lucinda.

Wiglaf n'avait jamais rien mangé d'aussi délicieux.

— Bon, fit Ethel en reprenant les tasses pour se servir à son tour. Comment allons-nous nous débarrasser de ces sacripants ?

Ses yeux orange vif étincelèrent.

— La plupart des dragons ne s'embarrasseraient pas de scrupules et les feraient rôtir une bonne fois pour toutes.

— Ou s'envoleraient avec pour les lâcher dans le vide à des kilomètres du sol, renchérit Lucinda en remuant son thé.

— Ou les réduiraient en charpie à coups de griffes.

Wiglaf frissonna. Il commençait à avoir mal au cœur.

— Hum... ce sont mes petits cousins, leur rappela Angus.

— Certains dragons les écraseraient en s'asseyant dessus, tout simplement, poursuivit Ethel en ignorant son intervention.

— Ou s'en régaleraient pour le souper, ajouta Lucinda. Quoique... à mon avis, ils doivent être coriaces.

Wiglaf reposa son biscuit à peine entamé.

– On ne pourrait pas trouver un moyen de les chasser de votre grotte sans leur faire de mal ?

– Justement, ce que nous essayons de vous faire comprendre, c'est que la majorité des dragons agiraient ainsi. Mais Ethel et moi, nous ne sommes pas des dragonnes comme les autres.

Wiglaf était ravi de l'entendre !

– Voyons…

Ethel tapota son menton rugueux d'une griffe pensive.

– On pourrait riposter avec une boule puante de dragon, ça sent encore plus mauvais que…

– Non, la coupa Lucinda, notre grotte empestera à jamais si on fait ça ! Et si on organisait plutôt une fête de famille ? La vue de 376 dragons devrait effrayer ces petits vandales, tout de même !

– N'y comptez pas trop, soupira Angus.

– Ça ferait 376 bouches à nourrir, fit valoir Ethel. Et ils risquent de rester des semaines !

– Oublions cette idée, alors !

Ils réfléchirent tous en silence.

Soudain, Wiglaf prit la parole :

– À l'École des Massacreurs de Dragons, on a appris…

– Vous êtes des apprentis massacreurs ? l'interrompit Ethel.

Wiglaf plaqua sa main sur sa bouche.

– Oups !

Lucinda secoua la tête.

– Franchement, Ethel. Tu croyais qu'ils étaient au pensionnat des Petites Princesses ? Continue, Wiglaf.

– On a appris que… que tous les dragons possédaient un trésor.

La dragonne acquiesça.

– C'est vrai. Ma sœur et moi, nous avons un bon petit pécule. Et alors ?

– Je sais comment vous pourriez vous débarrasser des jumeaux, mais il faudrait que vous acceptiez de dépenser un peu d'or.

– Nous sommes tout ouïe, répondit Ethel en agitant les oreilles.

— Bett et Maichan ont adressé une fausse demande de rançon au directeur de notre école, expliqua-t-il, lui réclamant une brouette pleine d'or en échange de leur liberté.

— Oncle Mordred l'a déchirée, intervint Angus. Il aime l'or plus que tout au monde, plus que ses propres neveux, même !

— Mais si vous proposiez un petit tas d'or à Mordred, reprit Wiglaf, il viendrait sûrement récupérer Bett et Maichan.

— Je vois…, fit Lucinda. On devrait lui payer une contre-rançon pour qu'il récupère ses chenapans de neveux.

Wiglaf hocha la tête. Ethel soupira.

— En principe, les dragons sont très attachés à leur or, surtout ceux qui sont issus de lignées anciennes comme la nôtre.

— Chez nous, cela ne se fait pas de se séparer de son or, vous comprenez, expliqua Lucinda.

— Non, jamais, confirma sa sœur.

Elles échangèrent un regard.

– Cependant, reprit lentement Lucinda, nous pourrions peut-être faire une exception…

– Nous pourrions consentir à céder une partie de notre magot, pour que ces petits galopins quittent notre grotte !

Lucinda ouvrit son grand sac rouge et en tira un morceau de parchemin.

Ethel fouilla dans le sien et sortit une bouteille d'encre et une grande plume.

– Bon, je vais rédiger cette demande de contre-rançon. Qu'est-ce que j'écris ?

– Cher Mordred, commença Wiglaf.

– Il faut le flatter davantage, estima Lucinda.

L'apprenti massacreur sourit. La dragonne n'avait jamais rencontré Mordred mais elle l'avait très bien cerné.

Finalement, Ethel rédigea le texte suivant :

Très cher directeur de l'EMD,
Nous vous écrivons pour vous proposer

une occasion unique de devenir riche facilement et rapidement. Il vous suffit de vous présenter à notre grotte pour venir chercher deux jeunes garçons qui se sont égarés alors qu'ils étaient en chemin pour votre école. Si vous nous assurez que ces enfants, connus sous le nom de Bett et Maichan, ne remettront jamais les pieds chez nous, nous vous donnerons une brouette pleine d'or.

Nous attendons votre réponse au plus vite.

Bien sincèrement,
Lucinda et Ethel von Arnazmertz
Grotte du Garatoi

Elle la relut et conclut avec un sourire satisfait :

— Pas une seule faute d'orthographe. Quel est le meilleur moyen pour la transmettre à Mordred ?

— Vous pourriez y aller d'un coup d'ailes, proposa Wiglaf.

— Vous voulez qu'on se présente à l'École des Massacreurs de Dragons ? s'étonna Lucinda. Ça ne me semble pas très judicieux.

— Ne vous en faites pas, les rassura Angus. Mon oncle est bien trop radin pour payer des gardes. Si vous y allez la nuit, personne ne vous verra.

— Laissez le message sous une pierre, sur le pont-levis. C'est là que Yorick, le messager de Mordred, a trouvé la demande de rançon.

Ethel plia le parchemin et le fourra dans son grand sac à main rouge.

— L'EMD est sur le chemin du Chasseur, c'est bien ça ?

— Oui, confirma Angus.

La dragonne sourit.

— C'est comme si c'était fait !

Chapitre neuf

Ethel revint peu de temps après.

– Mission accomplie !

– Oh, sapristi ! s'exclama Lucinda. Vous croyez qu'il va nous répondre rapidement ?

– Il va falloir attendre un peu, fit Angus, car ce n'est pas tout près à pied.

– On n'a qu'à faire un jeu, pour passer le temps, proposa la dragonne. Vous savez jouer aux charades, les garçons ?

Angus acquiesça, mais Wiglaf fit signe que non.

– Au pendu ?

Wiglaf secoua à nouveau la tête.

– Dans ma famille, notre seule distraction, c'est le concours de rots.

– Oh ! fit Lucinda et elle plaqua une patte sur sa gueule en pouffant.

– Et si on leur montrait notre numéro de cabaret, sœurette ? suggéra Ethel.

Lucinda sourit.

– Nous avons connu un certain succès dans notre jeunesse.

– En tant que chanteuses ? demanda Wiglaf.

– Et danseuses ! compléta-t-elle. Ah, c'était le bon temps ! D'accord, Ethel !

Les dragonnes se levèrent d'un bond. Elles se prirent par la taille et se mirent à chanter :

Certains dragons aiment se bagarrer,
Massacrer, voler, piller,
Nous, ce n'est pas notre tasse de thé,
On préfère les perles et les jolis colliers !

Elles se lâchèrent pour se mettre à danser.

Certains dragons crachent des flammes nuit et jour,

Nous, on préférera toujours
Danser, valser, swinguer !
Tcha-tcha, rock et tango, avec nos jolis
colliers !

Les demoiselles dragonnes tourbillon-nèrent en exécutant un pas de danse com-pliqué.

– Ouais ! Bravo ! hurlèrent Wiglaf et Angus à la fin du numéro.

Ils applaudirent à tout rompre.

– Merci, firent les dragonnes en saluant.

– Maintenant on va chanter *Le Plus Beau Tango du monde*, annonça Ethel. Prête ?

Et les sœurs dragonnes reprirent leur show.

Wiglaf n'avait jamais rencontré de dra-gon aussi talentueux. C'était vraiment un très beau spectacle.

Et pourtant, lorsque les jumelles entamè-rent leur quinzième numéro, il commença à trouver le temps long. Il jeta un coup d'œil à Angus qui piquait du nez.

Il lui donna un coup de coude. Pas question de montrer aux demoiselles dragonnes qu'ils s'ennuyaient.

Le spectacle se poursuivit pendant des heures, et il aurait pu continuer encore longtemps si, soudain, Ethel n'avait pas plissé les yeux en s'exclamant :

— Regarde, Lucinda ! Voilà quelqu'un !

Effectivement, au loin, Wiglaf aperçut une silhouette vêtue de gris qui approchait.

— Yorick apporte la réponse !

Wiglaf et Angus dévalèrent le sentier en criant :

— Yorick ! Yorick !

— Bénis soient mes bas ! s'exclama le messager en les voyant. Qu'est-ce que vous fabriquez ici, nom d'une chausse trouée ?

— C'est une longue histoire, répondit Wiglaf.

Il réalisa alors que Yorick était déguisé en pierre : tunique grise à capuche, chausses grises et bottines assorties. Il pouvait ainsi se cacher en se roulant en boule sur le bord du sentier. Les passants le prenaient pour un gros rocher gris.

Angus le saisit par la main.

– Viens, nous allons te présenter les dragonnes, Yorick.

Le messager se figea net.

– Je dois avoir les oreilles bouchées. J'ai cru entendre que vous vouliez me présenter des dragonnes.

Angus hocha la tête.

– C'est bien ce que j'ai dit.

– Ce sont de charmantes dames dragonnes, intervint Wiglaf.

– Oh, cors aux pieds et ampoules percées, pas question que je sympathise avec un dragon, répliqua Yorick.

– Hou-hou ! cria Ethel. Vous êtes le messager de Mordred ?

En voyant approcher l'énorme dragon rouge, Yorick se jeta à terre et se roula en boule comme une grosse pierre.

– Où est passé le messager ? Il a notre réponse ? demanda-t-elle.

Un bras surgit du rocher pour lui tendre un rouleau de parchemin.

– Voici votre message, Votre Dragonité ! annonça Yorick d'une voix étouffée, sans oser se déplier.

Alors que Lucinda les rejoignait, Ethel glissa une griffe sous le sceau de cire rouge et ouvrit le message. Elle le lut à haute voix :

Très honorables dragonnes,
Je vais me charger de Bett et de Maichan. Mais une seule brouette d'or en récompense me paraît un peu juste. Enfin, mesdames, ce sont des jumeaux ! Par conséquent, il me semblerait on ne peut plus normal d'obtenir pour ma peine deux brouettes remplies d'or.

Si vous acceptez, faites-le savoir à mon messager et retrouvons-nous ce soir à minuit au pied du chêne rabougri, sur le chemin du Chasseur. (Vous comprendrez qu'en tant que directeur de l'EMD, je ne puis recevoir de dragons au sein de l'éta-blissement.) Apportez l'or, j'apporterai les brouettes.

    Dans l'attente de votre réponse,
    Mordred le Merveilleux, directeur de l'EMD

    PS : mes brouettes sont gigantesques.

    – Dieu du ciel ! s'exclama Lucinda. Quelle cupidité !

Elle se tourna vers Ethel.

    – Il veut qu'on double la mise !

Un craquement sinistre s'échappa de la grotte.

    – Donnons-lui ce qu'il réclame, Lucy, soupira-t-elle. La paix et la tranquillité n'ont pas de prix.

Lucinda poussa Yorick le rocher du bout de la patte.

    – Messager, vous êtes là ?

    – Oui, Votre Dragonité !

    – Dites à Mordred que nous l'attendrons

au pied du chêne rabougri à minuit. Avec son or.

— Fort bien, Votre Dragonité, répondit le messager. Adieu !

Et sans plus attendre, Yorick le rocher oscilla pour prendre son élan et dévala le versant de la montagne. Il roula de plus en plus vite et finit par disparaître hors de leur vue.

— Pauvre Yorick ! murmura Wiglaf.

Angus secoua la tête.

— J'ignorais qu'il avait la phobie des dragons.

Lucinda regarda les deux apprentis massacreurs en souriant.

— Votre plan a marché !

— Allez, viens, sœurette, la pressa Ethel. Il faut qu'on aille chercher l'or dans notre réserve. Nous n'avons pas beaucoup de temps.

— On revient vite, les garçons ! leur lança Lucinda tandis qu'elles s'éloignaient.

Angus baissa les yeux vers le biscuit à peine entamé de son ami.

– Tu vas le manger ?

– Non, tiens.

Angus croqua dedans avec appétit.

– Miam. Tu crois que Lucinda accepterait de me donner sa recette ?

Les deux dragonnes revinrent bientôt chargées de gros sacs.

– Voulez-vous qu'on vous dépose sur le chemin du Chasseur, les garçons ? proposa Lucinda.

– Vous allez nous prendre sur votre dos ? s'écria Angus. Youpi !

Wiglaf se força à sourire. Il n'aimait pas tellement voler car il avait le vertige.

– Grimpe sur mon dos, Angus ! fit Ethel.

– Hop, monte sur le mien, Wiglaf, enchaîna Lucinda en s'accroupissant près de lui.

L'apprenti massacreur s'agrippa à son arête dorsale. Il allait se hisser sur son dos lorsqu'il entendit des cris dans la grotte.

Dragons et garçons se retournèrent d'un même mouvement et virent le gros rocher pivoter lentement, dégageant l'entrée de la grotte. Bett et Maichan jaillirent en criant dans un fracas d'armures :

— On veut faire un tour à dos de dragon !

— Ouais, on veut voler !

Ethel et Lucinda se consultèrent du regard.

— Alors vous promettez de ne pas retourner dans notre grotte ? demanda Lucinda.

— Jamais jamais ? ajouta Ethel.

— Promis ! s'écria Bett. De toute façon, on en a assez d'être enfermés dans cette vieille grotte sinistre.

— Ouais ! renchérit Maichan. Emmenez-nous faire un tour dans les airs.

— Grimpez !

Ethel s'abaissa à leur niveau.

Les jumeaux s'agrippèrent à ses écailles pour se hisser sur son dos.

— Au galop ! ordonna Bett.

— Ouais ! Fonce !

— Vous l'aurez voulu !

Bien en sécurité sur la terre ferme, Wiglaf vit Ethel s'élever rapidement. Soudain, elle

se cambra et fit un saut périlleux arrière en plein ciel.

– Aaaaaah ! hurlèrent les jumeaux en se cramponnant tant bien que mal à son cou.

Ethel effectua un looping parfait, puis elle enchaîna sur un triple lutz et double flip retourné.

– Aaaaaaaaaaah ! crièrent les jumeaux.

– Je vais être malade ! annonça l'un d'eux.

Mais ils étaient trop haut dans le ciel pour que Wiglaf puisse voir duquel il s'agissait.

Lucinda agita une griffe en direction des deux apprentis massacreurs.

– Allez, en route !

Le cœur battant à tout rompre, Wiglaf s'installa sur son dos. Il passa ses deux bras autour de son cou couvert d'écailles. Angus grimpa derrière lui et le prit par la taille.

– Prêts ? demanda la dragonne.

Elle déploya ses ailes et décolla. Wiglaf resserra son étreinte.

Lucinda vira doucement dans les airs pour prendre la direction de la vallée.

Wiglaf se détendit peu à peu. Il commençait à apprécier de planer au clair de lune sur le dos de la dragonne. La nuit était calme, il n'y avait pas un bruit, à part le bruissement de ses ailes. Et, très haut dans le ciel noir, les cris stridents des jumeaux.

Chapitre dix

Perché sur le dos de la dragonne, Wiglaf repéra le chêne rabougri en contrebas. Mordred était adossé au tronc tout tordu.

Le directeur était reconnaissable à sa cape et à sa casquette en velours rouge. Il avait apporté deux énormes brouettes.

– Hou-hou ! cria-t-il en leur faisant signe. Atterrissez en douceur. Sans à-coup. Il ne faudrait pas perdre des pièces d'or.

Wiglaf sentit à peine une légère secousse lorsque Lucinda se posa. Avec Angus, ils glissèrent à terre.

– Misère ! s'exclama Mordred en les voyant. Wiglaf ! Mon neveu ! Qu'est-ce que vous faites là ? Les dragons ne vous ont pas donné mon or, hein ?

– Ne t'en fais pas, oncle Mordred, répondit Angus. Tout est là !

– Le voici, fit Lucinda en déchargeant le gros sac de son dos.

Elle l'ouvrit et le retourna. Les pièces d'or tombèrent en pluie dans la brouette.

– Oh-oh ! Quelle douce musique !

Mordred s'empara aussitôt d'une pièce et mordit dedans.

– Ouille ! J'ai failli me casser une dent !

Il sourit.

– C'est bien de l'or ! Quoi ? Le sac est déjà vide ?

– Oui, et la brouette est pleine, répliqua Lucinda d'un ton ferme

– Et l'autre ? On était d'accord pour deux brouettes !

Lucinda leva les yeux.

– Voilà ma sœur, dit-elle en désignant

une petite tache rouge dans le ciel nocturne. C'est elle qui a le second sac.

Wiglaf entendit les jumeaux hurler tandis qu'elle descendait en piqué. Rasant le sol, elle fit un dernier quadruple looping.

— Noooooooon ! braillèrent les enfants.

Ethel se posa sans ménagement sur le chemin du Chasseur.

— Et voilà, vous êtes arrivés !

Bett et Maichan se laissèrent tomber de son dos. Ils firent quelques pas en titubant avant de s'écrouler à terre. Au clair de lune, Wiglaf vit qu'ils avaient le teint verdâtre.

— Nous vous avons apporté l'or, et les jumeaux, annonça Ethel.

— Bonsoir, tonton ! lança Bett, couché en travers du chemin. T'as vu, on est arrivés à dos de dragon.

— Il a fait des tas de loopings dans les airs, poursuivit Maichan en se relevant sur ses jambes tremblantes. On recommence, dis, dragon ? Allez, encore un tour !

— Quoi ? s'étonna Wiglaf. Ça vous a plu ?

– Ouais, confirma Maichan. C'était génial.

– Ça suffit ! le coupa Mordred. Revenons à nos affaires.

– Revenons à nos affaires ! l'imita Bett.

– La ferme ! tonna le directeur.

– La ferme ! répétèrent les jumeaux avant d'éclater de rire.

Il leur lança un regard noir et se tourna vers les dragonnes.

– Où est le reste de mon or ?

– Le voici ! annonça Ethel en vidant son sac dans la seconde brouette.

Mordred plongea les deux mains dans le tas d'or pour serrer les pièces contre son cœur.

– Mon or ! Rien qu'à moi !

– Il est à vous à la seule condition que vous empêchiez Bett et Maichan d'approcher de notre grotte, lui rappela Lucinda.

– Ne vous inquiétez pas pour ça. Mon établissement se charge de transformer les vauriens de leur espèce en vaillants massacr…

hum, en gentilshommes. Mes neveux ne vous embêteront plus, je vais vite les remettre dans le droit chemin.

— Tu parles, chuchota Angus.

— Au revoir, Wiglaf ! Au revoir, Angus ! lança Lucinda. J'aurais aimé vous dire de venir nous rendre visite de temps à autre, mais je vais piéger le sentier qui mène à la grotte.

Elle haussa les épaules.

— Désolée, mais dorénavant il faudra voler pour accéder au mont Garatoi.

— Merci pour les biscuits, fit Angus.

— On veut refaire un tour de dragon ! réclama Bett.

— Ouais, encore des loopings ! renchérit Maichan.

Mais les deux dragonnes les ignorèrent. Elles déployèrent leurs ailes et s'empressèrent de regagner leur grotte.

— Bien ! fit Mordred en se frottant les mains. Rapportons mon beau magot à l'EMD. Angus, pousse cette brouette.

Wiglaf, prends l'autre. Doucement, sans faire tomber la moindre pièce, hein ? Mm… Il va me falloir un coffre-fort plus grand.

Les deux apprentis massacreurs empoignèrent les brouettes. Ils durent serrer les dents et pousser de toutes leurs forces pour faire bouger les roues. Heureusement que le chemin du Chasseur était en pente.

– Bett ? Maichan ? fit Mordred. Marchez derrière et ramassez tout ce qui tombe. Je vous surveille, si je vois la moindre pièce glisser dans votre poche, je vous retourne la tête en bas pour la récupérer.

Les jumeaux suivirent les deux brouettes.

– Il faut qu'on arrive à l'EMD avant l'aube, poursuivit le directeur en fermant la marche. Je ne veux pas que les autres voient mon trésor.

Il mit ses mains en porte-voix pour crier :

– Angus ! Wiglaf ! On accélère le mouvement !

Les deux apprentis massacreurs firent de leur mieux.

Le ciel commençait à rosir lorsqu'ils aperçurent le château à l'horizon.

Ils n'étaient plus qu'à une centaine de mètres du pont-levis, quand Angus s'arrêta.

– Je… n'en… peux… plus, haleta-t-il.

– On va vous donner un coup de main ! décréta Bett en s'emparant de sa brouette.

– Ouais, renchérit Maichan en prenant celle de Wiglaf, on va vous aider.

Les deux apprentis massacreurs se laissèrent tomber dans l'herbe, épuisés.

Les jumeaux poussèrent de toutes leurs forces pour mettre les brouettes en branle. Bett s'engagea sur le pont-levis. Maichan le suivait de près.

– Attention ! cria Mordred en courant derrière. Ne faites pas tomber de pièces dans le fossé.

En entendant cela, les jumeaux se regardèrent en souriant et commencèrent à faire vaciller leur fardeau.

– Oh, que c'est lourd ! gémit Bett.

– Oh, là, là ! La brouette va se renverser.

Wiglaf écarquilla les yeux.

– Ils le font exprès.

– Attention ! hurla Mordred en se ruant sur eux. Arrêtez ! Arrêtez !

Mais les jumeaux firent la sourde oreille. Les brouettes tanguaient dangereusement au-dessus de l'eau.

Mordred se rua sur le pont-levis. On aurait dit une aubergine géante. Ses yeux violets étincelaient de rage.

– STOP ! LAISSEZ MES BROUETTES TRANQUILLES !

– D'accord, tonton, répliqua Bett en lâchant brusquement les poignées.

Le directeur se jeta sur la brouette pour tenter de la rattraper, mais trop tard ! Elle tomba du pont et coula à pic au fond (s'il y avait un fond) du fossé.

Horrifié, Mordred enfouit son visage dans ses mains.

– Mais qu'est-ce que tu as fait ?

– Il a juste fait ça, tonton, expliqua Mai-chan en poussant sa brouette par-dessus bord.

– NOOOOOOON ! hurla Mordred tandis que la seconde brouette tombait dans le fossé et BLOP ! s'enfonçait, engloutie par la vase. Je viens à ton secours, mon pauvre or ! cria le directeur en plongeant.

SPLASH ! Il disparut dans les eaux sombres.

– Misère, oncle Mordred !

– Ces deux gamins sont vraiment des monstres, commenta Wiglaf. Maintenant, je comprends pourquoi il avait déchiré la demande de rançon.

La tête du directeur émergea de l'eau.

– Bett ! Maichan ! Plongez pour récupérer mes pièces !

– Alors là, tu peux toujours courir ! répliquèrent les jumeaux en éclatant de rire.

Mordred disparut à nouveau sous l'eau.

– Érica va regretter d'avoir manqué ça, remarqua Angus.

– Oui, mais elle va être ravie en lisant l'article passionnant qu'on va écrire pour *La Gazette de l'EMD*, lui rappela son ami.

– Oui, tu as raison. Cette fois, on va être en première page, c'est sûr !

La Gazette de l'EMD

Rédigée par les élèves sans aucune supervision ! N° 2

DRAGONS CONTRE JUMEAUX QUI EST LE PLUS DANGEREUX ? À VOUS DE JUGER !

WIGLAF DE PINWICK

Angus et moi, nous avons été retenus prisonniers dans une grotte sombre et profonde. Hélas, nous n'avons pas été capturés par des dragons mais par les cousins d'Angus, des jumeaux prénommés Bett et Maichan.

Ils ont mis à sac la grotte où Lucinda et Ethel, deux vieilles dames dragonnes, comptaient passer paisiblement leur retraite. Lorsque ces dragonnes sont en colère, leur crête jaune se dresse sur leur tête, leurs yeux lancent des éclairs et leurs colliers de perles deviennent rouges comme de la lave en fusion. Elles font très très PEUR.

Mais à dire vrai, elles n'arrivent pas à la cheville de Bett et Maichan, les deux nouveaux élèves de l'EMD. Si nous sommes gentils avec eux, ils nous épargneront peut-être… Ça vaut le coup d'essayer !

LES VIEUXMALLOWS À LA RESCOUSSE

ANGUS DU PANGUS

Wiglaf et moi, nous étions au fond du gouffre, sans aucun espoir d'en réchapper quand, soudain, je me suis rappelé que j'avais dans ma poche une petite réserve de friandises. Nous avons donc grignoté quelques cafards au chocolat. Bett et Maichan nous regardaient, l'eau à la bouche. J'ai donc sorti mes cookies du Donjon, mes Vieuxmallows et mes Dragonus réglisse. Et ça a marché. Mes cousins nous ont jeté une corde et nous avons pu sortir du gouffre.

J'ai tiré deux leçons de cette expérience :
– On a toujours besoin de quelques bonbons sur soi.
– C'est trop nul d'être le cousin de Bett et Maichan.

MON PORTRAIT

GWENDOLINE DE LA GARGOUILLETTE

Salutations royales à tous ! Mes parents sont le roi et la reine de la Gargouillette Occidentale, ce qui fait de moi une princesse – eh oui ! Je suis très douée pour obtenir ce que je veux. Presque tout ce que je possède est en or, de ma brosse à cheveux à ma brosse à dents. Je suis allée à la maternelle des Mignonnes Princesses, puis au pensionnat des Petites Princesses. Je n'avais que des 20/20 partout, mais j'en ai eu assez des cours de Démarche princière et de Tricot majestueux. C'est pour cela que je suis venue à l'École des Massacreurs de Dragons. J'adore les nouveaux uniformes des filles. Je suis dingue de mode et je lis *Le Vestiaire des damoiselles* tous les jours. Mon placard est plein à craquer (d'ailleurs, si vous avez un peu de place dans votre armoire de dortoir, dites-le-

moi, merci). Oh et, au fait, Wiglaf, tu veux t'asseoir à côté de moi au prochain cours d'Entraînement des Massacreurs ?

Mon nom complet est... Princesse Gwendoline Glorianna de la Gargouillette.
J'adore parler de... moi !
J'adore manger... n'importe quoi, du moment que c'est servi sur un plateau d'argent.
Ma blague préférée est... Pourquoi la princesse n'a pas pu aller au bal ? Parce que le Prince Charmant a mangé sa citrouille.

LES BONNES RECETTES DE POTAUFEU

ANGUS DU PANGUS

Une charmante vieille dragonne a été assez aimable pour me confier sa recette des cookies aux pépites de dragolat. C'est délicieux et très facile à préparer – il faut simplement adapter un peu la méthode de cuisson si nécessaire.

COOKIES AUX PÉPITES DE DRAGOLAT

Ingrédients :
3 pattes pleines de pépites de dragolat
6 pattes pleines de farine
1 pincée de sel
7 kilos de graisse d'oie
2 pattes pleines de sucre rouge en fusion
4 pattes pleines de sucre brun
3 pincées de vanille
6 gros œufs d'oie

Brisez le dragolat en grosses pépites, mettez-le de côté.

Mélangez la farine et le sel dans un saladier.

Battez le sucre, la vanille et les œufs jusqu'à obtenir une mixture crémeuse.

Ajoutez les pépites de dragolat. Mélangez bien.
Déposez la pâte en petites boules sur la plaque du four. Ouvrez la gueule et cuisez à feu vif.
Il n'y a plus qu'à déguster !

ÉRICA A RÉPONSE À TOUT

LES BONS CONSEILS D'ÉRICA VON ROYALE

Chère Érica,
Je parie que les lecteurs de La Gazette *apprécieraient d'y trouver un reportage sur un village voisin de l'EMD. Je veux parler de Doidepied, à seulement trois lieues au nord de l'école par le chemin du Chasseur.*
Un petit gars de Doidepied

Cher petit gars de Doidepied,
La Gazette de l'EMD *parle de la vie de l'école, pas des villages des alentours. Proposez-nous plutôt un sujet concernant l'EMD.*

Chère Érica,
Je pourrais proposer un guide des meilleures adresses de Doidepied. On peut acheter de délicieuses tourtes chez Jack le boulanger, faire ressemeler ses bottines chez Jack le cordonnier et faire réparer sa charrette chez Jack le charretier.
Un petit gars de Doidepied

Cher petit gars de Doidepied,
La réponse est non, compris ?

Chère Érica,
Je pourrais faire un article sur le grand théâtre de Doidepied où l'on peut apporter des œufs pourris et des tomates trop mûres à jeter sur les acteurs. Sinon, ils en vendent aussi à l'entracte.
Un petit gars de Doidepied

Cher petit gars de Doidepied,
Non, c'est non !

Chère Érica,
Je pourrais aussi faire une critique gastronomique des restaurants du village. Y a buffet à volonté tous les soirs chez Willy, Au sanglier sauvage. *Mais si manger avec les doigts, assis sur un banc ne vous tente pas vous pouvez vous rabattre sur le salon de thé* Les Douceurs sucrées *de Tessa.*
Un petit gars de Doidepied

Cher petit gars de Doidepied,
En tant que rédactrice en chef de La Gazette de l'EMD, j'ai droit de regard sur ce qui est publié dans ce journal. Il n'y aura pas d'article sur Doidepied. Jamais.

Chère Érica,
Trop tard, c'est déjà fait.
Ha-ha-ha !
Un petit gars de Doidepied

LA PAGE DES SPORTS

CORENTIN CRÉTIN

Potaufeu nous a informés que son bœuf ne voulait plus jouer le fier destrier pour le tournoi de joute à cheval.

À l'annonce de cette nouvelle, toute l'équipe a démissionné.

FIN

OFFRES D'EMPLOI

AIDE-BIBLIOTHÉCAIRE

Vous avez la chance de connaistre vostre alphabet de A à Z ? Vous aimeriez vous mestre à l'ouvrage parmi de beaux ouvrages ? Vous accepteriez d'estre payé en nougatine ?

Si vous avez répondu OUI à ces trois questions, passez donc voir Frère Dave à la bibliothèque pour postuler en tant qu'assistant rangeur de livres.

Contact : Frère Dave

PLONGEUR EN EAU PROFONDE

Recherche garçon ou fille souhaitant gagner très peu d'argent de poche en plongeant dans le fossé de l'EMD à la recherche de… un truc. Extrême discrétion demandée.

Contact : Mordred, directeur de l'EMD

EN DIRECT...
DE LA CLASSE DE MESSIRE MORTIMER

BALDRICK

Notre reporter s'est introduit incognito dans la classe de Messire Mortimer.
Il nous livre aujourd'hui en exclusivité des extraits de conversations top secrètes :

– Tu crois que le prof dort ?

– Chatouille-le pour voir.

– Non, vas-y, toi.

– Non, toi.

– Il est mort ?

– Peut-être.

– J'crois qu'il respire plus.

– Mais alors qui est-ce qui ronfle comme ça ?

UN RESTAURANT MENACÉ DE FERMETURE

ANGUS DU PANGUS

Le Resto d'Al l'Édenté a reçu la semaine dernière la visite d'un inspecteur de l'hygiène qui a menacé de le faire fermer.

Il a en effet relevé 1027 infractions à la réglementation – et ceci avant même d'avoir mis les pieds dans la cuisine.

Les clients présents dans l'établissement racontent que l'inspecteur a accepté le repas gratuit qu'Al lui proposait mais qu'il a été si vite pris de violentes crampes d'estomac qu'il n'a même pas pu finir son rapport.

« Venez ! Venez ! On n'est pas encore fermés ! » affirme Al l'Édenté.

La Gazette de l'EMD

Rédactrice en chef
ÉRICA VON ROYALE

Reporters :
Art de vivre et gastronomie :
ANGUS DU PANGUS

Livres :
BARATINUS

Sports :
CORENTIN CRÉTIN

Journalisme d'investigation :
JEANNETTE DELALÈCHE
WIGLAF DE PINWICK
GWENDOLINE
DE LA GARGOUILLETTE
BALDRICK

Professeur chargé de la supervision :
MESSIRE MORTIMER

Kate McMullan vit à New York avec son mari
et leur fille. Quand elle était petite, elle rêvait
d'être lectrice et dévorait alors les ouvrages
de la bibliothèque municipale. Après ses études,
elle a enseigné quelques années tout en commençant
à écrire pour les enfants. Afin de pouvoir se
rapprocher du monde des livres qui la fascinait tant,
elle a alors décidé de devenir éditrice et est partie
tenter sa chance à New York. C'est là qu'elle a
rencontré son mari, l'illustrateur Jim McMullan
avec lequel elle a collaboré par la suite. Elle a publié
à ce jour plus de soixante-dix livres pour la jeunesse
et sa série les Massacreurs de Dragons est l'un
de ses plus grands succès. Pour créer ses personnages
et leurs aventures, elle reconnaît avoir puisé
directement dans ses souvenirs de collégienne.
C'est pourquoi, quand elle se rend dans les écoles,
Kate McMullan conseille aux apprentis écrivains
de prendre pour point de départ leur propre vie
et leurs propres expériences.

Bill Basso est né et a vécu longtemps dans le quartier
de Brooklyn, à New York. Il vit à présent dans
le New Jersey, avec sa femme et leurs trois enfants.
Après des études d'art et de design, il a illustré
de nombreux livres pour la jeunesse et collabore
régulièrement à des revues destinées aux enfants.

L'ÉCOLE DES MASSACREURS DE DRAGONS

Avis aux apprentis Massacreurs de Dragons !
Voici les titres parus :

Et si princesses, sorciers et chevaliers te font rêver,
tourne vite la page, car tu vas adorer !

Sorcières en colère
Folio Cadet n° 475
de Fanny Joly illustré par Anne Simon

Aaaarrrrgggggghhhhhh ! Ce matin-là, les couloirs de l'Abracadémie résonnent d'un cri terrible. Rossa, la plus abominable sorcière de Maléficity, a découvert avec effroi deux énormes verrues au bout de son nez crochu. Si Chouine, la nouvelle élève, ne lui prépare pas aussitôt une potion antiverrues, elle sera changée en potiron ! Hélas, notre apprentie sorcière n'est plus très sûre de la formule… Si elle rate son coup, on peut s'attendre à tout !

Amaury, chevalier malgré lui
Folio Cadet n° 488
d'Angela McAllister illustré par Ian Beck

Des cheveux carotte, un nez en forme de saucisse, son luth en bandoulière, Amaury est un garçon tout à fait ordinaire jusqu'au jour où il découvre une dent de dragon. Accueilli en héros, le voici fait chevalier, lui que le seul mot de dragon fait trembler de la tête aux pieds ! Mais, pour prouver sa valeur et son courage, il devra affronter l'Horrible Grincent Crachefeu le Rôtisseur.

Mystère
Folio Cadet n° 217
de Marie-Aude Murail illustré par Serge Bloch

Une quatrième fille ! Le roi et la reine ne sont pas contents ! Et comble de malheur, quand ses cheveux poussent, ils sont bleus ! Mystère, c'est son prénom, vit comme une sauvageonne, mais à l'âge de huit ans, elle est si belle qu'elle fait de l'ombre à ses sœurs. Ses parents décident de la perdre dans la forêt... Que lui arrive-t-il ensuite ? Mystère...

Amandine Malabul, sorcière maladroite
Folio Cadet n° 208
de Jill Murphy

N'est pas sorcière qui veut. La sorcellerie est un art difficile que l'on enseigne dans l'établissement de mademoiselle Jollidodue, directrice de l'Académie supérieure de Sorcellerie. Amandine est bien l'élève la plus maladroite de l'école ! Quel désastre lorsqu'il s'agit d'apprendre à voler à son chat Petipas ou de fabriquer la potion d'invisibilité. Sans compter les mauvais tours d'Octavie Patâfiel... Mais un terrible complot se trame : élèves et professeurs pourraient bien être changées en grenouilles !

Le bouffon de chiffon
Folio Cadet n° 424
d'Arthur Ténor illustré par Denise et Claude Millet

Que renferme le mystérieux souterrain découvert dans la chapelle du château ? Aliénor, Jean et Yvain décident de partir l'explorer. Ils y découvrent une curieuse cassette contenant un bouffon de chiffon et un parchemin. Jean prononce imprudemment la formule magique qui redonne vie à l'insupportable bouffon !

Princesse, dragon et autres salades

Folio Cadet n° 513
de Marie Vaudescal illustré par Magali Le Huche

Au royaume de Vavassava, toute princesse en âge de se marier se fait enlever par un dragon. C'est la tradition. Un prince des environs vient alors la délivrer et demander sa main. Mais Scarole peut toujours attendre, elle est bien trop peste ! Vexée, elle s'enfuit du château escortée de sa petite troupe. Ce dragon de malheur lui doit une explication...

ISBN : 978-2-07-062561-1
N° d'édition : 165497
Loi n° 49-956 du 16 juillet 1949 sur les publications destinées à la jeunesse
Dépôt légal : octobre 2009
Imprimé en Espagne par Novoprint (Barcelone)